MW01045352

This Notebook Belongs To

MILEAGE LOG

MAKE:		MODEL:		YEAR:
DATE:	ODOMETER: START	END	TOTAL:	DESTINATION / PURPOSE:

MILEAGE LOG

MAKE:		MODEL:		YEAR:
DATE:	ODOMETER: START	END	TOTAL:	DESTINATION / PURPOSE:

MILEAGE LOG

MAKE:		MODEL:		YEAR:
DATE:	**ODOMETER: START | END**		**TOTAL:**	**DESTINATION / PURPOSE:**

MILEAGE LOG

MAKE:		MODEL:		YEAR:
DATE:	ODOMETER: START | END		TOTAL:	DESTINATION / PURPOSE:

MILEAGE LOG

MAKE:		MODEL:		YEAR:
DATE:	**ODOMETER: START**	**END**	**TOTAL:**	**DESTINATION / PURPOSE:**

MILEAGE LOG

MAKE:		MODEL:		YEAR:
DATE:	**ODOMETER: START | END**		**TOTAL:**	**DESTINATION / PURPOSE:**

MILEAGE LOG

MAKE:		MODEL:		YEAR:
DATE:	**ODOMETER: START | END**		**TOTAL:**	**DESTINATION / PURPOSE:**

MILEAGE LOG

MAKE:		MODEL:		YEAR:
DATE:	ODOMETER: START | END		TOTAL:	DESTINATION / PURPOSE:

MILEAGE LOG

MAKE:		MODEL:		YEAR:
DATE:	ODOMETER: START | END		TOTAL:	DESTINATION / PURPOSE:

MILEAGE LOG

MAKE:		MODEL:		YEAR:
DATE:	ODOMETER: START | END		TOTAL:	DESTINATION / PURPOSE:

MILEAGE LOG

MAKE:		MODEL:		YEAR:
DATE:	**ODOMETER: START**	**| END**	**TOTAL:**	**DESTINATION / PURPOSE:**

MILEAGE LOG

MAKE:		MODEL:		YEAR:
DATE:	ODOMETER: START | END		TOTAL:	DESTINATION / PURPOSE:

MILEAGE LOG

MAKE:		MODEL:		YEAR:
DATE:	**ODOMETER: START | END**		**TOTAL:**	**DESTINATION / PURPOSE:**

MILEAGE LOG

MAKE:		**MODEL:**		**YEAR:**
DATE:	**ODOMETER: START | END**		**TOTAL:**	**DESTINATION / PURPOSE:**

MILEAGE LOG

MAKE:		MODEL:		YEAR:
DATE:	**ODOMETER: START | END**		**TOTAL:**	**DESTINATION / PURPOSE:**

MILEAGE LOG

MAKE:		**MODEL:**		**YEAR:**
DATE:	**ODOMETER: START | END**		**TOTAL:**	**DESTINATION / PURPOSE:**

MILEAGE LOG

MAKE:		MODEL:		YEAR:
DATE:	ODOMETER: START	END	TOTAL:	DESTINATION / PURPOSE:

MILEAGE LOG

MAKE:		MODEL:		YEAR:
DATE:	ODOMETER: START | END		TOTAL:	DESTINATION / PURPOSE:

MILEAGE LOG

MAKE:		**MODEL:**		**YEAR:**
DATE:	**ODOMETER: START | END**		**TOTAL:**	**DESTINATION / PURPOSE:**

MILEAGE LOG

MAKE:		**MODEL:**		**YEAR:**
DATE:	**ODOMETER: START | END**		**TOTAL:**	**DESTINATION / PURPOSE:**

MILEAGE LOG

MAKE:		MODEL:		YEAR:
DATE:	**ODOMETER: START | END**		**TOTAL:**	**DESTINATION / PURPOSE:**

MILEAGE LOG

MAKE:		MODEL:		YEAR:
DATE:	**ODOMETER: START | END**		**TOTAL:**	**DESTINATION / PURPOSE:**

MILEAGE LOG

MAKE:		MODEL:		YEAR:
DATE:	**ODOMETER: START | END**		**TOTAL:**	**DESTINATION / PURPOSE:**

MILEAGE LOG

MAKE:		MODEL:		YEAR:
DATE:	ODOMETER: START | END		TOTAL:	DESTINATION / PURPOSE:

MILEAGE LOG

MAKE:		MODEL:		YEAR:
DATE:	**ODOMETER: START | END**		**TOTAL:**	**DESTINATION / PURPOSE:**

MILEAGE LOG

MAKE:		**MODEL:**		**YEAR:**
DATE:	**ODOMETER: START | END**		**TOTAL:**	**DESTINATION / PURPOSE:**

MILEAGE LOG

MAKE:		MODEL:		YEAR:
DATE:	ODOMETER: START | END		TOTAL:	DESTINATION / PURPOSE:

MILEAGE LOG

MAKE:		MODEL:		YEAR:
DATE:	ODOMETER: START	END		TOTAL:	DESTINATION / PURPOSE:

MILEAGE LOG

MAKE:		MODEL:		YEAR:
DATE:	ODOMETER: START | END		TOTAL:	DESTINATION / PURPOSE:

MILEAGE LOG

MAKE:		MODEL:		YEAR:
DATE:	ODOMETER: START | END		TOTAL:	DESTINATION / PURPOSE:

MILEAGE LOG

MAKE:		MODEL:		YEAR:
DATE:	**ODOMETER: START | END**		**TOTAL:**	**DESTINATION / PURPOSE:**

MILEAGE LOG

MAKE:		MODEL:		YEAR:
DATE:	ODOMETER: START | END		TOTAL:	DESTINATION / PURPOSE:

MILEAGE LOG

MAKE:		MODEL:		YEAR:
DATE:	ODOMETER: START | END		TOTAL:	DESTINATION / PURPOSE:

MILEAGE LOG

MAKE:		**MODEL:**		**YEAR:**
DATE:	**ODOMETER: START | END**		**TOTAL:**	**DESTINATION / PURPOSE:**

MILEAGE LOG

MAKE:		MODEL:		YEAR:
DATE:	**ODOMETER: START | END**		**TOTAL:**	**DESTINATION / PURPOSE:**

MILEAGE LOG

MAKE:		MODEL:		YEAR:
DATE:	**ODOMETER: START**	**END**	**TOTAL:**	**DESTINATION / PURPOSE:**

MILEAGE LOG

MAKE:		MODEL:		YEAR:
DATE:	**ODOMETER: START | END**		**TOTAL:**	**DESTINATION / PURPOSE:**

MILEAGE LOG

MAKE:		**MODEL:**		**YEAR:**
DATE:	**ODOMETER: START | END**		**TOTAL:**	**DESTINATION / PURPOSE:**

MILEAGE LOG

MAKE:		MODEL:		YEAR:
DATE:	**ODOMETER: START | END**		**TOTAL:**	**DESTINATION / PURPOSE:**

MILEAGE LOG

MAKE:		**MODEL:**		**YEAR:**
DATE:	**ODOMETER: START | END**		**TOTAL:**	**DESTINATION / PURPOSE:**

MILEAGE LOG

MAKE:		MODEL:		YEAR:
DATE:	**ODOMETER: START | END**		**TOTAL:**	**DESTINATION / PURPOSE:**

MILEAGE LOG

MAKE:		MODEL:		YEAR:
DATE:	**ODOMETER: START | END**		**TOTAL:**	**DESTINATION / PURPOSE:**

MILEAGE LOG

MAKE:		**MODEL:**		**YEAR:**
DATE:	**ODOMETER: START | END**		**TOTAL:**	**DESTINATION / PURPOSE:**

MILEAGE LOG

MAKE:		MODEL:		YEAR:
DATE:	ODOMETER: START | END		TOTAL:	DESTINATION / PURPOSE:

MILEAGE LOG

MAKE:		MODEL:		YEAR:
DATE:	**ODOMETER: START | END**		**TOTAL:**	**DESTINATION / PURPOSE:**

MILEAGE LOG

MAKE:	MODEL:	YEAR:

DATE:	ODOMETER: START | END		TOTAL:	DESTINATION / PURPOSE:

MILEAGE LOG

MAKE:		MODEL:		YEAR:
DATE:	**ODOMETER: START | END**		**TOTAL:**	**DESTINATION / PURPOSE:**

MILEAGE LOG

MAKE:		MODEL:		YEAR:
DATE:	**ODOMETER: START | END**		**TOTAL:**	**DESTINATION / PURPOSE:**

MILEAGE LOG

MAKE:		MODEL:		YEAR:
DATE:	**ODOMETER: START | END**		**TOTAL:**	**DESTINATION / PURPOSE:**

MILEAGE LOG

MAKE:		MODEL:		YEAR:
DATE:	ODOMETER: START | END		TOTAL:	DESTINATION / PURPOSE:

MILEAGE LOG

MAKE:		MODEL:		YEAR:
DATE:	**ODOMETER: START | END**		**TOTAL:**	**DESTINATION / PURPOSE:**

MILEAGE LOG

MAKE:		MODEL:		YEAR:
DATE:	ODOMETER: START | END		TOTAL:	DESTINATION / PURPOSE:

MILEAGE LOG

MAKE:		MODEL:		YEAR:
DATE:	**ODOMETER: START | END**		**TOTAL:**	**DESTINATION / PURPOSE:**

MILEAGE LOG

MAKE:		**MODEL:**		**YEAR:**
DATE:	**ODOMETER: START | END**		**TOTAL:**	**DESTINATION / PURPOSE:**

MILEAGE LOG

MAKE:		MODEL:		YEAR:
DATE:	**ODOMETER: START | END**		**TOTAL:**	**DESTINATION / PURPOSE:**

MILEAGE LOG

MAKE:		MODEL:		YEAR:
DATE:	ODOMETER: START | END		TOTAL:	DESTINATION / PURPOSE:

MILEAGE LOG

MAKE:		MODEL:		YEAR:
DATE:	**ODOMETER: START | END**		**TOTAL:**	**DESTINATION / PURPOSE:**

MILEAGE LOG

MAKE:		MODEL:		YEAR:
DATE:	ODOMETER: START | END		TOTAL:	DESTINATION / PURPOSE:

MILEAGE LOG

MAKE:		MODEL:		YEAR:
DATE:	ODOMETER: START | END		TOTAL:	DESTINATION / PURPOSE:

MILEAGE LOG

MAKE:		MODEL:		YEAR:
DATE:	**ODOMETER: START | END**		**TOTAL:**	**DESTINATION / PURPOSE:**

MILEAGE LOG

MAKE:		MODEL:		YEAR:
DATE:	**ODOMETER: START**	**END**	**TOTAL:**	**DESTINATION / PURPOSE:**

MILEAGE LOG

MAKE:		MODEL:		YEAR:
DATE:	**ODOMETER: START | END**		**TOTAL:**	**DESTINATION / PURPOSE:**

MILEAGE LOG

MAKE:		MODEL:		YEAR:
DATE:	**ODOMETER: START | END**		**TOTAL:**	**DESTINATION / PURPOSE:**

MILEAGE LOG

MAKE:		**MODEL:**		**YEAR:**
DATE:	**ODOMETER: START | END**		**TOTAL:**	**DESTINATION / PURPOSE:**

MILEAGE LOG

MAKE:		MODEL:		YEAR:
DATE:	**ODOMETER: START**	**| END**	**TOTAL:**	**DESTINATION / PURPOSE:**

MILEAGE LOG

MAKE:	MODEL:	YEAR:

DATE:	ODOMETER: START	END	TOTAL:	DESTINATION / PURPOSE:

MILEAGE LOG

MAKE:		MODEL:		YEAR:
DATE:	**ODOMETER: START | END**		**TOTAL:**	**DESTINATION / PURPOSE:**

MILEAGE LOG

MAKE:		MODEL:		YEAR:
DATE:	**ODOMETER: START**	**| END**	**TOTAL:**	**DESTINATION / PURPOSE:**

MILEAGE LOG

MAKE:	MODEL:			YEAR:
DATE:	**ODOMETER: START | END**		**TOTAL:**	**DESTINATION / PURPOSE:**

MILEAGE LOG

MAKE:		**MODEL:**		**YEAR:**
DATE:	**ODOMETER: START | END**		**TOTAL:**	**DESTINATION / PURPOSE:**

MILEAGE LOG

MAKE:		MODEL:		YEAR:
DATE:	**ODOMETER: START | END**		**TOTAL:**	**DESTINATION / PURPOSE:**

MILEAGE LOG

MAKE:		MODEL:		YEAR:
DATE:	**ODOMETER: START | END**		**TOTAL:**	**DESTINATION / PURPOSE:**

MILEAGE LOG

MAKE:		**MODEL:**		**YEAR:**
DATE:	**ODOMETER: START | END**		**TOTAL:**	**DESTINATION / PURPOSE:**

MILEAGE LOG

MAKE:		MODEL:		YEAR:
DATE:	**ODOMETER: START | END**		**TOTAL:**	**DESTINATION / PURPOSE:**

MILEAGE LOG

MAKE:		MODEL:		YEAR:
DATE:	ODOMETER: START | END		TOTAL:	DESTINATION / PURPOSE:

MILEAGE LOG

MAKE:		MODEL:		YEAR:
DATE:	**ODOMETER: START**	**| END**	**TOTAL:**	**DESTINATION / PURPOSE:**

MILEAGE LOG

MAKE:		MODEL:		YEAR:
DATE:	**ODOMETER: START | END**		**TOTAL:**	**DESTINATION / PURPOSE:**

MILEAGE LOG

MAKE:		MODEL:		YEAR:
DATE:	ODOMETER: START	END	TOTAL:	DESTINATION / PURPOSE:

MILEAGE LOG

MAKE:	MODEL:	YEAR:

DATE:	ODOMETER: START | END		TOTAL:	DESTINATION / PURPOSE:

MILEAGE LOG

MAKE:		MODEL:		YEAR:
DATE:	ODOMETER: START | END		TOTAL:	DESTINATION / PURPOSE:

MILEAGE LOG

MAKE:		MODEL:		YEAR:
DATE:	ODOMETER: START	END	TOTAL:	DESTINATION / PURPOSE:

MILEAGE LOG

MAKE:		**MODEL:**		**YEAR:**
DATE:	**ODOMETER: START | END**		**TOTAL:**	**DESTINATION / PURPOSE:**

MILEAGE LOG

MAKE:		MODEL:		YEAR:
DATE:	**ODOMETER: START | END**		**TOTAL:**	**DESTINATION / PURPOSE:**

MILEAGE LOG

MAKE:		MODEL:		YEAR:
DATE:	**ODOMETER: START | END**		**TOTAL:**	**DESTINATION / PURPOSE:**

MILEAGE LOG

MAKE:		MODEL:		YEAR:
DATE:	**ODOMETER: START**	**END**	**TOTAL:**	**DESTINATION / PURPOSE:**

MILEAGE LOG

MAKE:		MODEL:		YEAR:
DATE:	ODOMETER: START | END		TOTAL:	DESTINATION / PURPOSE:

MILEAGE LOG

MAKE:		MODEL:		YEAR:
DATE:	ODOMETER: START | END		TOTAL:	DESTINATION / PURPOSE:

MILEAGE LOG

MAKE:		MODEL:		YEAR:
DATE:	ODOMETER: START | END		TOTAL:	DESTINATION / PURPOSE:

MILEAGE LOG

MAKE:	**MODEL:**	**YEAR:**

DATE:	**ODOMETER: START | END**		**TOTAL:**	**DESTINATION / PURPOSE:**

MILEAGE LOG

MAKE:		MODEL:		YEAR:
DATE:	ODOMETER: START | END		TOTAL:	DESTINATION / PURPOSE:

MILEAGE LOG

MAKE:		MODEL:		YEAR:
DATE:	**ODOMETER: START | END**		**TOTAL:**	**DESTINATION / PURPOSE:**

MILEAGE LOG

MAKE:		MODEL:		YEAR:
DATE:	**ODOMETER: START | END**		**TOTAL:**	**DESTINATION / PURPOSE:**

MILEAGE LOG

MAKE:		MODEL:		YEAR:
DATE:	ODOMETER: START | END		TOTAL:	DESTINATION / PURPOSE:

MILEAGE LOG

MAKE:		MODEL:		YEAR:
DATE:	**ODOMETER: START | END**		**TOTAL:**	**DESTINATION / PURPOSE:**

MILEAGE LOG

MAKE:		MODEL:		YEAR:
DATE:	ODOMETER: START | END		TOTAL:	DESTINATION / PURPOSE:

MILEAGE LOG

MAKE:		**MODEL:**		**YEAR:**
DATE:	**ODOMETER:** **START | END**		**TOTAL:**	**DESTINATION / PURPOSE:**

MILEAGE LOG

MAKE:		MODEL:		YEAR:
DATE:	ODOMETER: START | END		TOTAL:	DESTINATION / PURPOSE:

MILEAGE LOG

MAKE:	MODEL:			YEAR:
DATE:	ODOMETER: START | END		TOTAL:	DESTINATION / PURPOSE:

MILEAGE LOG

MAKE:	MODEL:	YEAR:

DATE:	ODOMETER: START	END		TOTAL:	DESTINATION / PURPOSE:

MILEAGE LOG

MAKE:	MODEL:	YEAR:

DATE:	ODOMETER: START | END		TOTAL:	DESTINATION / PURPOSE:

MILEAGE LOG

MAKE:		MODEL:		YEAR:
DATE:	**ODOMETER: START | END**		**TOTAL:**	**DESTINATION / PURPOSE:**

MILEAGE LOG

MAKE:		MODEL:		YEAR:
DATE:	ODOMETER: START | END		TOTAL:	DESTINATION / PURPOSE:

MILEAGE LOG

MAKE:		MODEL:		YEAR:
DATE:	ODOMETER: START | END		TOTAL:	DESTINATION / PURPOSE:

MILEAGE LOG

MAKE:		MODEL:		YEAR:
DATE:	**ODOMETER: START | END**		**TOTAL:**	**DESTINATION / PURPOSE:**

MILEAGE LOG

MAKE:		MODEL:		YEAR:
DATE:	**ODOMETER: START | END**		**TOTAL:**	**DESTINATION / PURPOSE:**

MILEAGE LOG

MAKE:		**MODEL:**		**YEAR:**
DATE:	**ODOMETER: START | END**		**TOTAL:**	**DESTINATION / PURPOSE:**

MILEAGE LOG

MAKE:		**MODEL:**		**YEAR:**
DATE:	**ODOMETER: START | END**		**TOTAL:**	**DESTINATION / PURPOSE:**

MILEAGE LOG

MAKE:		MODEL:		YEAR:
DATE:	ODOMETER: START | END		TOTAL:	DESTINATION / PURPOSE:

MILEAGE LOG

MAKE:		MODEL:		YEAR:
DATE:	**ODOMETER: START | END**		**TOTAL:**	**DESTINATION / PURPOSE:**

MILEAGE LOG

MAKE:		MODEL:		YEAR:
DATE:	**ODOMETER: START | END**		**TOTAL:**	**DESTINATION / PURPOSE:**

MILEAGE LOG

MAKE:		MODEL:		YEAR:
DATE:	**ODOMETER: START | END**		**TOTAL:**	**DESTINATION / PURPOSE:**

MILEAGE LOG

MAKE:	MODEL:	YEAR:

DATE:	ODOMETER: START | END		TOTAL:	DESTINATION / PURPOSE:

MILEAGE LOG

MAKE:		MODEL:		YEAR:
DATE:	**ODOMETER: START**	**END**	**TOTAL:**	**DESTINATION / PURPOSE:**

MILEAGE LOG

MAKE:		MODEL:		YEAR:
DATE:	**ODOMETER: START | END**		**TOTAL:**	**DESTINATION / PURPOSE:**

MILEAGE LOG

MAKE:		MODEL:		YEAR:
DATE:	**ODOMETER: START**	**END**	**TOTAL:**	**DESTINATION / PURPOSE:**

MILEAGE LOG

MAKE:		MODEL:		YEAR:
DATE:	**ODOMETER: START**	**END**	**TOTAL:**	**DESTINATION / PURPOSE:**

MILEAGE LOG

MAKE:		MODEL:		YEAR:
DATE:	**ODOMETER: START | END**		**TOTAL:**	**DESTINATION / PURPOSE:**

MILEAGE LOG

MAKE:		MODEL:		YEAR:
DATE:	**ODOMETER: START | END**		**TOTAL:**	**DESTINATION / PURPOSE:**

MILEAGE LOG

MAKE:	MODEL:	YEAR:

DATE:	ODOMETER: START	END	TOTAL:	DESTINATION / PURPOSE:

Manufactured by Amazon.ca
Bolton, ON

42189658R00068